Nota para los padres y encargados:

Los libros de *Read-it! Readers* son para niños que se inician en el maravilloso camino de la lectura. Estos hermosos libros fomentan la adquisición de destrezas de lectura y el amor a los libros.

 El NIVEL MORADO presenta temas y objetos básicos con palabras de alta frecuencia y patrones de lenguaje sencillos.

 El NIVEL ROJO presenta temas conocidos con palabras comunes y oraciones de patrones repetitivos.

 El NIVEL AZUL presenta nuevas ideas con un vocabulario más amplio y una estructura gramatical más variada.

 El NIVEL AMARILLO presenta ideas más elevadas, un vocabulario extenso y una amplia variedad en la estructura de las oraciones.

 El NIVEL VERDE presenta ideas más complejas, un vocabulario más variado y estructuras del lenguaje más extensas.

 El NIVEL ANARANJADO presenta una amplia de ideas y conceptos con vocabulario más elevado y estructuras gramaticales complejas.

Al leerle un libro a su pequeño, hágalo con calma y pause a menudo para hablar acerca de las ilustraciones. Pídale que pase las páginas y que señale los dibujos y las palabras conocidas. No olvide volverle a leer los cuentos o las partes de los cuentos que más le gusten.

No hay una forma correcta o incorrecta de compartir un libro con los niños. Saque el tiempo para leer con su niña o niño y transmítale así el legado de la lectura.

Adria F. Klein, Ph.D.
Profesora emérita, California State University
San Bernardino, California

Editor: Jill Kalz
Page Production: Jaime Martens
Creative Director: Keith Griffin
Editorial Director: Carol Jones
Managing Editor: Catherine Neitge
The illustrations in this book were created digitally.
Translation and page production: Spanish Educational Publishing, Ltd.
Spanish project management: Jennifer Gillis/Haw River Editorial

Picture Window Books
5115 Excelsior Boulevard
Suite 232
Minneapolis, MN 55416
877-845-8392
www.picturewindowbooks.com

Printed in the United States of America.

Library of Congress Cataloging-in-Publication Data
Jones, Christianne C.
[Joey's first day. Spanish]
El primer día / por Christianne C. Jones ; ilustrado por James Demski, Jr. ;
traducción, Carlos Ruiz.
p. cm. — (Read-it! readers)
Summary: Joey is nervous about his first day of school, but by the second day he is
just excited.
ISBN 1-4048-1627-5 (hard cover)
[1. First day of school—Fiction. 2. Schools—Fiction. 3. Spanish language materials.]
I. Demski, James, 1976- ill. II. Title. III. Series.

PZ73.J5585 2005
[E]—dc22   2005027137

El primer día

por Christianne C. Jones
illustrado por James Demski Jr.

Traducción: Carlos Ruiz

Con agradecimientos especiales a nuestras asesoras:

Adria F. Klein, Ph.D.
Profesora emérita, California State University
San Bernardino, California

Kathy Baxter, M.A.
Ex Coordinadora de Servicios Infantiles
Anoka County (Minnesota) Library

Susan Kesselring, M.A.
Alfabetizadora
Rosemount-Apple Valley-Eagan (Minnesota) School District

PiCTURE WiNDOW BOOKS
Minneapolis, Minnesota

Es el primer día de escuela.

Joey está asustado.

Joey alista su mochila.

Joey está preocupado.

Joey sube al autobús.

Joey está nervioso.

Joey conoce la maestra.

Joey está tímido.

Joey encuentra su pupitre.

Joey está contento.

13

Joey almuerza en el comedor.

Joey está lleno.

Joey conoce a una niña.

Joey está alegre.

Joey oye la campana.

Joey está triste.

Joey sube al autobús.

Joey está cansado.

Es el segundo día de escuela.

Joey está emocionado.

Más *Read-it! Readers*

Con ilustraciones vívidas y cuentos divertidos da gusto practicar la lectura. Busca más libros a tu nivel.

FICCIÓN

Bess y Tess	1-4048-1689-5
El cuadro de Mary	1-4048-1649-6
Un cuarto para dos	1-4048-1694-1
Dan pone la mesa	1-4048-1682-8
De pesca	1-4048-1684-4
Juanita juega	1-4048-1652-6
El lugar de Luis	1-4048-1688-7
El mejor futbolista	1-4048-1690-9
Mudanza	1-4048-1686-0
Pruébalo	1-4048-1692-5
Acampar	1-4048-1681-X
La carta de Paula	1-4048-1687-9
Eric no juega	1-4048-1683-6
Fito y el pito	1-4048-1691-7
Meg sale a pasear	1-4048-1685-2
Vamos a compartir	1-4048-1693-3
Cansada de esperar	1-4048-1695-X

¿Buscas un título o un nivel específico? La lista completa de *Read-it! Readers* está en nuestro Web site: *www.picturewindowbooks.com*